티라노 처음 독서

기혁 詩集 다음 창문에 가장 알맞은 말을 고르시오

차례

1부 노련한 강물과 오늘의 슬픔

2부 나르키소스와 물고기

3부 친애하는 동업자들

1부

노련한 강물과 오늘의 슬픔

개나리벽지

잉크 대신 피를 넣은 만년필을 내려놓는다
말라붙은 여름만 남은 오탈자 노트

모기와 파리, 권태와 배달 쿠폰
까닭 모를 증오와 천사도 시들어 있었다

겨울이 가면 절필이다 사방의 냉기를 찢어 종이비행기를
날리고 싶다

사람을 사랑했던 들짐승처럼
손인사에 무너지던 아지랑이처럼
개나리를 독자로 모시고 제 것을 핥아보고 싶다

불면이 기거하던 좁고 네모난 가슴 밖까지
입에서 입으로
봄날을 도배하면서
상온의 원고 뭉치를 부러 놓고

모음으로 번질 꽃잎들을 실언失言할 것이다

손에 묻은 사인펜 자국을 지우며

처음엔 우주라는 말을 썼다

나를 둘러싼 우주
너를 둘러싼 우주
지구를 둘러싼 우주

어린 소년에게 그것은 가깝고
아늑했고
빌려온 유리구슬처럼 달그락거리는
저녁을 닮았다

안녕? 손을 내밀면
모든 걸 알고 있는 달팽이가
기다림이라는
푸념을 남기며 지나가는 기분

기분은 우주의 전부였고
기분은 우주를 반복하지 않았고
비좁은 달팽이의 집안에선

자꾸만 서재가 방안을 가로지르고

동네 형들이 바보라고 부를 때조차
우주는
과자 부스러기를 흩날리며
담벼락에 오줌을 갈기곤 했다

내년엔 뭐가 되려고 그러니?

조물주의 꼬리 긴 고민에도 불구하고
유년을 지난 우주는 점점 더
소우주로
소수의 기분으로
기분의 궤도로 되돌아가려 한다

비밀인데 책에 적은 낙서를
아무도 눈치채지 못했어

소년의 조막손 위에서
생각을 멈춘 달팽이가 고개를 돌릴 때
찢어진 책장을 쥔 태양이
전속력으로 달려오는 게 보였다

신촌 어느 후미진 뒷골목 같은 대기권에
개쉑끼
씹쒜끼
쒸팔세끼
적어놓은
우주의 낙서가

울컥 고향의 햇살처럼 손금 위로 내려앉았다

노련한 강물과 오늘의 슬픔

마음이 아플 땐 돌멩이를 던진다

광물에 남겨진 시간을 떠서
허공의 정점에 풀어놓고 싶은 것이다

서로 다른 지층에 묻힌 응어리가 옹기종기
조약돌로 평화로운 정오에도
물수제비뜨는 연인의 돌멩이는
수면 가장 높은 곳까지 떠오른다

지상에서 처음 타인의 마음에 가닿았던 흔적들
돌멩이를 집어 들던 무수한 감정은
강물 위에서도 깊고 거대한 속내를 지닌다

이별의 방향으로 벼름하는 생활을 거슬러 올라,
매 순간 허공을 쥐는 손아귀를 본다
더 큰 사랑을 바라보고
더 큰 빈 곳에 휘청거리던
저녁의 저글링

돌멩이에겐 곡예사의 어투를 물려받은 조상이 있다

분장이 다 번진 얼굴로
거들어줄 손 하나를 그리워하는 것이다

호명呼名

　당신이 나의 등에 집을 새겨놓았습니다 아무도 살지 않았
지만 인기척이 날 때마다 문을 여닫는 소리가 들려옵니다 담
장이 조금 허물어지고 오가는 사람 누구나 집의 내부를 상상
하는 것 같습니다 포위된 병사들이 뿔뿔이 흩어져 하늘을 보
듯이 처마 끝 허공에는 간절함의 무게가 가득합니다 이따금
우편물이 되돌아오면 낮은 발소리에도 소름이 돋습니다 고
백은 빈 편지를 보내고 다시 입구를 뜯어 할 말을 보태는 빈
틈인가요 오래된 집일수록 빈틈이 사람을 닮아갑니다 익숙
한 외로움은 집안일만큼 티가 나지 않습니다 나도 집주변을
서성이는 불한당처럼 당신의 이름을 불러봅니다 당신, 당신
의 뒷모습도 안심이 되진 않을 테지요 노을에 물든 새들이
내부의 추락을 버티면서 날아갑니다 어쩌지 못하고 밤새 강
아지 한 마리를 풀어놓습니다 겨울바람이 주인처럼 문을 열
고 이불 속 등허리에 와닿습니다

탑신에 내리는 눈

촛불이 내부의 어둠을 태워
불을 밝힌다고 속단했으나

나의 무게는 이내 돌멩이의 내면에 부딪히고 말았다

가까스로 균형을 잡던 인연들이 단 한 번 발길질로
무너져내릴 때 그것은
스스로 열린 적 없는 암석의 외부가 아니라
수천 년 풍화로도 어쩌지 못한
점박이 응어리,
제 몸을 깎고 깎아 기괴한 조각처럼 놓인 고백이었다

발끝의 충격보다 인생 어딘가를 후려치는
고통의 정체가 궁금해질 무렵
입구도 출구도 없이
오직 중력의 힘으로 이승을 붙들고 있는 저 고독이

서로의 내면을 딛고 선 모습을 본다

매 순간 절을 올리며 남몰래 돌탑을 쌓는 자의 간절함이란
시간의 광기에 맞서는 윤회의 흔적일까?

돌의 내부에 우주가 있고
그 어디쯤 신의 거처가 있다고 믿는 어두운 자들이
하나둘 촛불을 들고 모여들 때
저마다의 사연을 지닌 행렬은 그들의
피부를 닮아 붉게 물든다

시린 함박눈을 맞으며 전생의 입구처럼 서 있는 흉가凶家
밤마다 인연이 오는 쪽으로 눈을 치우다
되돌아갈 발자국마저 지워버리는 운명을 어떤
무신론자도 믿지 않았지만

온몸이 고백이었던 사람에겐 탑신塔身*에만 쌓이는 폭설이
있다

신 없는 기도로 연명해온 사랑이
마침내 탑의 주인이 되면

육신을 허무는 신의 사자使者로 환생한다는 속설
귀신조차 오지 않는 독한 몸을 이끌고
나도 오래된 슬픔 몇 개를 감춘다

눈 덮인 고립의 시간으로
삶의 주름이 늘어난 얼굴을

무너짐의 끝에서야 체온의 고해성사라 부른다

*탑기단塔基壇과 상륜相輪 사이의 탑의 몸.

태양극장

삶으로부터 가장 먼 위치에서 너는 기대고 있다
한낮이면 흙먼지 하나 묻지 않은 활동사진을 건네며 우쭐
한다

입으로 눈으로 귀로 더러는 순수한 냄새처럼 스며드는 이
미지의 테두리
주인공은 늘 내려놓은 그림자 때문에 고민이 많다

운동장마다 지글거리는 모래와 바통의 안타까움을 찾아
야 했으므로
발자국의 간절함을 받아줄 무관심과 무관심한 시선을 돌
릴 명분도 필요했으므로

한때는 작은 고백에도 쿵쾅거리던 심장의 가장자리, 티끌
하나 떨어지지 않는 활동사진 속에서 너는
주인공의 역광이 비현실적이라고 투덜거린다

삶으로부터 가장 가까운 만남을 떠올릴 때
8분 20초* 떨어진 슬픔의 내력을 알아갈 때

삶과 무관한 서쪽을 보며 함께 울어줄 두 눈을 찾을 때 그
림자는 길어진다

행인들의 피부는 고요했지만
기억을 만드는 조명과 기억을 반추하는 조명이 한 가지 햇
살이었음을 체온은 안다

무성영화의 마지막 장면은 한없이 유연했고 너는
굽은 어깨를 비추며 떠나간 체온의 빈자리를 덥혀주었다

석양이 어둠의 배역이 되기 전까지 약간의 무게감으로 세
상이 흔들린다

*태양에서 지구까지 빛이 도달하는 시간.

코스프레

사람의 형상 속에 감춰진 물
출렁거림은 출생지를 떠올리는
바다의 흔적
우리의 상상만으로도 작고 검은
보트가 나아갈 때

입술은 체온의 낭만과
그 언저리를 맴도는 감기 기운을 말한다
알코올과 희망의 그늘에선

얼어붙은 맥박이 유빙으로 떠다닌다고

보트가 늘어갈수록 아득해지는 바다
소문으로만 떠다니는
첫사랑의 귀마개

이따금 우리는 영문도 모른 채 이끌린다

서로의 출생지를 상상하면서

출생지의 바깥만 방황하면서
풍랑과 암초에
납작 엎드린 사랑을

세이렌의 저주라고 울먹이면서

전속력

'사랑'이라는 말의 동그라미처럼
나는 움직임을 받치고 있다
연인들은 자주 고독의 받침대로 가지고 갔고
혼자 남은 사람들은
슬픔의 허리에 훌라후프처럼 걸기도 했다
로마의 햇살 속에선
이별의 귀걸이로 반짝거렸으며
집시가 흔드는 열정의 양손엔
은빛 팔찌로 반짝거렸다
입에 문 권태가 담배 연기를 만들 때
추억이 도넛의 한가운데로 몸을 통과시켰다
주관식 시험지 위에서 나는
객관적으로 얼굴을 붉혔고
자유를 끌어당기던 손목마다
수갑 대신 묵직해지기도 했다
애견의 목에 채워진 적도 있었고
주인의 목에서 개가 된 적도 있었다
가족의 숨이 끊어질 때까지
온몸의 열림을 담당해왔지만

나를 키워낸 유모가

손잡이라는 사실도 인정해야 했다

몽상가가 디딘 투명한 맨홀뚜껑을

현실주의자가 뜯어간 다음 날이면

혁명의 과녁 대신 광장에 펼쳐지기도 했다

태양과 달이 심증만으로 연대할 필요는 없었다

나를 길들인 사람들은

스스로의 무게가 긍정적이라고 믿는다

아슬아슬한 외줄 위에서

외발자전거의 미래가 되려 한다

필름 현상액

햇살에 두 번째 어둠이 찍힐 때
문자를 배웠다

문자로 떠올린 이미지들은
수면 위 풍경처럼 깨끗했고
약간의 상념에도 일렁거렸다

사막을 떠올릴 때조차
익사의 공포로 배를 그려야 했다
모래로 된 갑판 위에서
나는 황량했고
거대한 모래폭풍이 울음마저 허무하게 만들었다

햇살에 두 번째 어둠이 찍힐 때
육체는 허물어졌고
욕조에서 읽는 편지처럼
익사자의 삶이 기다리고 있었다

실패는 약간의 수분으로 이루어졌다는 증거

사막의 복판에서도

이미지에 붙은 흙먼지를 털어낼 줄 모른다

짐승의 화원

꽃이
내게로 온다고 믿었을 때 그것은
짐승의 보폭으로
걷고 있었다
뿌리의 고요를 호기심으로 물어뜯으며
흔들리는 줄기의 길목마다
바람의 영역을 표시해놓았다

네 발에서
두 발로 걷게 된 사람들이
비로소 향기를 맡고
살아있는 자와 죽은 자를 위해 줄기를 꺾을 때
짐승도
희미한 울음소리를 내며
숨어있는 이름을 불러보았다

아무도 대답하지 않았지만
햇살과 빗물과 고독이 스며든 눈빛 따위가
엉겁결에 튀어나온 엄마,

처럼 되돌아왔다
꽃잎의 시간에 다다르기까지

몇 번의 발정기가 찾아왔으므로 짐승은
길목 어디쯤 은신처를 마련했다

누군가는 전생이라 부르고
누군가는 은유라고 부르던
식물의 생식기 속
날벌레가 추억해준 인연을 떠올리며 사랑을 배웠다

꽃은 그렇게 지는 것이다

그리움의 화분花粉이 흩뿌려질 때마다
손톱으로 움켜쥔 생애를 놓아준다
짐승도, 짐승 같았던 감정도
아득하게 죽어간다

되돌아온 꽃다발 속에 남은 저녁을 뒤적거리며

그대로 주저앉아 별빛을 고민하던 시절

반짝이는 모든 동공에 꼬리 달린 눈부처가 들어선다

머나먼 별에서 키울 새끼들을 껴안고서
다음 생에 내림來臨할 몸짓 하나 궁리하는 것이다

벚꽃 추위

겨울의 수다를 참지 못한 아지랑이가 토닥토닥 흔적을 남긴다

진흙탕 장난을 치던 봄이 영하零下의 분실물을 들쑤신다

울음을 터트리며 도망치던 겨울은 잠시 그늘에 머물렀다 아무도 눈치채지 못했지만 끊임없이 분실물의 내력을 중얼거리고 있었다

한참이 지난 뒤에야 사람들이 모여들었다
벚꽃이 살벌한 사이렌 소리를 내며 피기 시작했다

잃어버린다는 건 얼마나 애처로운 삶의 출처일까

봄은 가까스로 입을 틀어막을 수 있었다 그해 겨울이 그랬던 것처럼

벚꽃이 흩날리던 그늘마다 불룩하게 할 말이 쌓인다

켓 티Khet Thi

끝이라는 말은 늘
허공에 떠있다

5월의 햇살과 바람
총구 끝에 머물던 함성과
쓰러진 동료의 마지막 빈자리

피로 물든 거리에서
군인의 발끝은 무언가 짓밟는 듯했지만
끝과 끝 사이
잠시간 숨을 멈추면

격렬하게 뛰고 있는 심장 하나가
허공 높은 곳까지
솟구치는 게 보인다

폭력과 억압, 무수한 두려움의 무게가
민주주의의 사지를 붙들고
함께 떠오를 때

혁명은 심장이 있던 자리마다
무지개를 그러넣는다
타인의 심장 가장 먼 쪽부터
슬픔이 용기와 양심의 물방울을 껴안고 서로를
빛내주려 한다

광주에서도
양곤에서도

*어둠은 머리에 총을 쏘았지만, 혁명이 심장에 있다는 걸
모른다**

자유를 갈망하는 모든
색색의 역사처럼

시인의 가슴에 깃발이 펄럭이리라
가장 높은 끝에서 승리를 시작하는 것이다

*미얀마 시인 켓 티의 시구 "그들은 내 머리에 총을 쏘지만, 혁명은 심장
에 있다는 걸 모른다"를 변용.

2부

나르키소스와 물고기

피스트 범*, 비너스

팔 없는 몸들이
악수를 떠올리면
어디가 먼저 반가울까?

안녕? 팔 없는 몸에서 튕겨나온
환대의 포물선
안녕.
한없이 폭력적인 문명의 마주침

지그재그로 폭주하는 배달 오토바이
빈 그릇마다 허락된
전복의 유쾌 상쾌 통쾌

사랑해야지, 비너스처럼
무표정한 얼굴 뒤의
양아치처럼

욕설이 삐져나온 각목을

한가득 모국어로 실어 나르며

*fist bump. 오토바이를 타고 다니는 갱들이 신호가 정지되었을 때 주고 받던 주먹 인사. 코로나19 사태 이후 공식 석상에서도 악수 대신 서로 주먹을 부딪치는 인사가 종종 사용되었다.

다음 창문에 가장 알맞은 말을 고르시오

빈칸의 전생이 창문이라면
창틀마다 매달린 글자의 앳된 얼굴이
허공에 주먹 감자를 날렸을 테지
집구석에 *에미애비도 없니?* 행인들이 소리치면
정오의 콧노래가 흐르는 문장 뒤편에서
보호자도 공중도덕도 없는
털북숭이 괴물이 다가왔을 테지
빈칸에 알맞은 말을 믿는 착한 아이라면
스스로 깨지는 유리창과
커튼을 드리워도 보이는 진실을
들어봤을 테지
창틀에 걸린 색연필 동그라미가
올가미로 변하는 함정에 놀라
털북숭이의 털을 붙든 적도 많았을 테지
저물녘이면 모아둔 털 뭉치가 노을이 되어
포근하게 흘러가는 걸 보았을 테지
불을 켠 창문 안쪽보다
쓰이지 않은 낱말들이 별빛처럼 반짝이는 날이면
수학자도 시인도 밤새도록

빈칸을 뒤쫓는 개꿈을 꾸었을 테지

창틀의 크기만큼만 소외가 사라져도

평화가 낙서를 하러 어슬렁거렸을 텐데 꿈속 개들도

창을 낸 장벽의 수만큼

갈 수 없는 구석이 많았을 테지

창문 위로 새벽 햇살이 풍경을 드리울 때

고독은 온 세상에 입김이 서리는

장난을 치고 싶었을 테지

누군가의 마지막 입김 위로

그가 사랑했던 사람의 이름을 쓰고 또 쓰면서

장난감 총을 든 글자 삼총사가

이유 없이 슬픔의 새를 날려 보낼 참이지

나르키소스와 물고기

흐르는 물결 위에 글씨를 쓴다

또박또박
백지를 떠올리며 쓴 문장들이
손끝을 밀고 떠날 때

나는 그것이
허구를 향해 번져나가는
물고기 떼인 줄 알았다

서로의 아가미를 들락거리는
투명한 굴곡에 몸을 내맡기고서
타인의 속내로 직진해온
햇살의 화창에 비늘을 반짝거렸다

물고기들은 사랑을 모르고 있으므로
촘촘한 이별의 은유로도 연민
가득한 비문으로도
그물을 만들 수 없었다

하구를 지나
까마득한 적도의 바다 한복판에서 문득
하다만 말들이
지느러미를 붙들 때
비로소 글씨와 함께 번져버린 한여름과
그 풍경 위로 떨어진 몇 방울
눈물을 기억한다 고백은

물고기를 모신 자들의 눈꺼풀 같은 것
뜬눈으로 밤을 지새우면
별빛의 고요에도 비린내가 난다

회귀하는 문장을 본 적이 있는가
망망대해의 어둠 속에서 보았던 폐허가
시냇가까지 따라온다

쓴다는 본능을 좇던 물결에 얼굴을 디밀고
더 이상 내 것이 아닌 상처들과

구겨진 삶의 필름을 어루만진다

사랑을 모르는 자의 표정으로
거울 속 죽음을 애도하는 것이다

지구레코드*

유행가를 듣다 보면
어떤 마음이 뒤돌아선다.

슬며시 일어난 마음은 조용히
문을 열고 나간다.

거울에 비친 문밖에는 사막이 펼쳐져 있다.

잘못 든 길에서 만난 것들은
왜 같은 이름으로 불릴까?

난폭한 트럭 운전사가 라디오 채널을 돌린다.

함께 유행가를 듣던 동승자에게도
차창 밖 사막은
음악으로 인정되지 않는다.

어떤 마음은
오직 잘못 든 길에 집중할 따름이다.

사막으로 들어서기 전까지
당신은 초원을 상상하고
나는 바다를 헤엄치고 있었다.

신대륙을 가로지르는 동안
어렵사리 구한 중고 엘피판을 틀지 못하고 만지작거린다.

텅 빈 트럭에 실린
무너진 철근 더미 같은 여름이었다.

*1954년 미도파음반이라는 이름으로 부산에서 창업한 음반 회사.

떨어진 면적의 먼지를 털며

생활이 바뀌면 피부가 아프다

환절기처럼 얇고 긴 겉옷 속에서
타인의 손을 탄 한 시절이
부풀어오른다

열이 난다는 건
어딘가 높낮이가 생겼다는 증거
이별은
서로 다른 기후대를 만들고 각자 살아갈
짐승을 불러모은다
꼬리를 치켜세우고 코를 킁킁거리며

한때는 인적이라 불리던 체온의
이동 경로를 상상하는 짐승

피부에도 마음이 있을까
무리에서 떨어진 마음은
어떤 야성을 키울까

그리운 사람을 만나면
기분과 날씨가 먼저 살에 맺힌다
피부와 피부가 맞닿을 때마다

생활의 등고선을 따라 이어지던 울음도
소매를 걷고서 딴청을 피운다

핏줄과 인연의 가장자리에서 한평생
피부만 문지르던
생식의 지리

마음은 길을 잃은 적이 없다

마지막 순간까지
생애의 한 면적을 걸치려 한다

전해질電解質

쓰지 못한 세계를 서성인다
빈칸은 사각형의 호수

조금 숨이 막혔고
내장이 비치는 물고기 떼처럼
나의 언어도
무한하게 침범하는 체취를 마시고 있다

커피잔의 낙관적인 곡선, 수심을 알 수 없는 표정도 좋다
타인은
아가미로 출입하는 모든 것을
미래로 흐르게 한다

침묵과 죽음도
아가미를 통과하지 못하면 투명한
불순물에 불과한 것
웅성거리는 커피숍 어딘가
귀에 익은 목소리가 들릴 때

나의 언어는 대답 대신 아가미를 잊는다

다정한 눈인사가 거듭될수록
천천히 말라가는 호숫가
질식의 순간에야 터져나오는 거짓말들

어디선가 늑대가 사각형의 은신처와
하울링을 몰고 온다

겨레라는 말을 쓴 적은 없었지만
극도의 감각을 열어젖히고 싱싱하게 죽길 바랐다

나의 거짓은 모르는 걸 즐기자는 것

망루도 양치기도 없는 세계에서
노을이 이부자리를 깐다

어둠의 회의 속에서 빛이 체취를 남길 때
타인의 슬픔은 비로소 피부를 지닌다

백지 위

파닥거리던 빈칸마다

마조히스트의 검붉은 멍 자국이 찍힌다

받아쓰기

진실을 내려놓기 위해 창고를 정리했다

쓰지 않던 감각을 한쪽으로 몰아놓고

오래된 말들의 꾸러미는 먼지를 털었다

한 시간쯤 땀을 흘리고 나자 거짓말처럼 자리가 생겼다

혼자서 울기에 제법 괜찮은 자리였다

이전에 들어왔던 다른 진실처럼

다시는 보고 싶지 않을 것이다

소규모 소문이 퍼지는 시간

하다 만 말이 늘어갈수록
대화는 점점 더

말의 형상을 닮아간다
긴 다리와 발굽
늘씬한 허리로 반죽이 되는 사유들

멋진 갈기를 휘날리며 몸속을 내달릴 무렵 슬쩍
비밀이 안장을 올린다

은폐물이 없는 초원에서 화장실을 찾는 한 사람
풀잎의 크기만으로
용변의 가능성을 점치는 다른 사람

각자의 흑심이 몰고 온 비구름과 무지개가
번갈아 하늘을 가렸지만
생각보다 마음이 넓어서 거짓말을 할 수 없었다 한다

대화가 겉돌 때마다 고삐를 잡던 양심이

모른 척 손을 놓으면
우리의 오해에도 뿔과 날개가 돋는다

손을 닦는다는 깨끗한 명분으로
목구멍까지 올라와 휴지를 찾는 유니콘들의
세련된 목소리

고마웠어요. 우연이 겹치면 존나게 웃기로 해요.

인사를 하자마자 비밀은 바지를 내려본다
참았던 진실에 이상은 없는지
유니콘의 잔등에 오점을 남기지 않았는지

속옷에 코를 박고 긴 혀를 가져가 본다

그러면 너는 나와 함께 어족魚族과 같이 신선하고*

누군가가
흔적을 마시고 있다

물고기의 맑은 내장 속에서
차곡차곡
하나의 몸짓으로 맞추어졌다

처음엔
태동처럼 작고 고요했지만
불가능한 자세와
그런 자세 속에서만 찾아온다는 생각이
죽음의 아가미를 벌리고
강물을 떠돌아다녔다

불구를 씻으러 왔다가
흔적이 내미는 손을 붙잡고서
사랑을 씻어버린 사내도 있었다

마음이 저지른 범죄처럼
구원도 단서가 필요 없었다

스스로를 물고기라고 믿는 자가 나타나
속내 깊은 것을 게워낼 무렵

물고기도 사람도 기원을 잠시 잊는다

말라버린 강줄기를 서성이다
젖은 눈으로 서로를 거두던 짐승,
가슴에 귀를 대면 들려오던 두 심장의
물장구까지도

투명한 가시처럼
고백 어딘가 시리게 박혀 있다
폭우 속
깊어지던 타인의 수심을 따라가면

어떤 몸이라도
비릿한 눈가가 파닥거린다

*김기림 시인의 문장 일부를 빌림.

풀

비에 부딪히는 수면만을 품고 살았다

흔들림을 멈추고
고요해지는 술잔의 표정으로도
속내를 읽어내곤 했다

아무런 물음 없이
대답을 대신해야 하는 운명을
사람들은 오래
자연이라 불렀다

자연스레 해가 뜨고
자연스레 오해가 눕듯이
이유 없이 요동치는 감정의 수위를
묵묵히 바라만 보았다

광장에서 나는 바람을 생각했고
잠시 둥근 것들에 호감을
가지기도 했으나

미지근해진 맥주 캔처럼

누구도 대답을 기대하진 않았다

역사의 복판에서도 나는
젖지 못한 채
8차선 도로 위 쓰레기를 치우는 저
시민들의 눈빛에서
동요를 느낀다

장대비에 쓸개를 꺼내놓고서
한없이 메말라갔다던 오래된
짐승의 이야기를 들으며
진실은 술잔을 벌벌 떨고 있다

빗소리는 슬픔에서 비롯된 질문일까

눕는 모든 것들은
쓰러짐의 야유를 앞서간다

대지가 이부자리를 깐 뒤에야
뒤늦은 먹구름이 취기를 몰고 온다

아침의 가면을 쓴 햇살이
풀잎만큼 많은 사이의 어둠을
아무렇지도 않게 헤집고
지워버릴 때

전날의 노을은 자연스럽지 않았다

밤새도록 끓어 넘친
내면의 수증기를 품고서
풀잎을 내리치던
빗방울의 종착지를 생각하는 것이다

오란비

비가 오자 살이 젖는다
당신의 손이 빠져나가고
다녀간 흔적들이 사라지는 중이다
되돌아갈 길을 잃으면
편협한 기억은 고립되거나
같은 곳을 맴돌곤 했다 어쩌다
만진 사랑의 반절이
생선 비늘처럼 미끈거릴 때
웅덩이와 진흙탕을 오가는
말굽 자국이 보였다
씨앗도 벌 떼도 없는 핏줄 위로
푸른 멍이 무지개로 떠오르고
나는 뒷모습뿐인 풍경을 쓸어본다
가장 아픈 피부는 흔적이 남지 않는 곳
이별이란 지름길은
얼마나 멀쩡한 몸부림인가
말굽마다 쿵쿵거리는 심장을 매단 채
말의 울음이 커튼처럼 펄럭인다
당신이 되돌아오는 계절
환하게 젖은 살결이 허물어진다

노루잠

초식동물을 쫓는 포수의 간절함으로
핏자국을 따라 여기까지 왔다
치명상에도 아랑곳없이
몸을 일으킨 짐승은 달리기를 멈추지 않는다
모든 걸 잊어버리고
맹렬히 떠나는 일을 생명으로 여기는 짐승
마지막 총알을 장전한 포수의 눈에
시뻘건 핏자국으로 갈겨쓴 고통의 문자가 보인다
고통을 끝낼 총알이 급소를 향하는 순간
문득 자리에 멈춰선 사랑
가슴에 초원을 들이고서야 알았다
사람이 머물던 자리마다 풀이 돋는다는 것을
밟아도 죽지 않는 고독이 주검을 거름 삼고
제 키보다 큰 뿌리를 키울 때
스치는 새벽바람에도 눈물이 난다
초원 깊은 곳까지 들어간 포수가
매일 밤 자신을 닮은 덫을 만들고 있다

네잎클로버

광합성에 소용될 뿐인 잎사귀 한두 개가
많거나 적다고 해서
햇살이 속내를 들키겠습니까

먹구름이 몰고 온 우울의 이유를
몇 차례 빗방울의 무게로 가늠할 수 있겠습니까

바람 부는 날이면
가슴이 아프다던 청년의 고백이
이름만 흩뿌리며 마침표를 떨굴 때에도
고작 잎사귀 한두 개가 많거나 적다고 해서
위로를 보낼 수 있겠습니까

오래된 일기장 사이에서 뒷동산을 헤집던 추억이 평면으
로 말라갑니다
추억에도 글씨를 쓸 수 있다면
머뭇거림의 시간을 초록이라 부르겠습니다

토끼가 세상을 오해해서 껴입은 절망의 뒷모습만큼
여름은 별다른 표정이 없습니다

고작 잎사귀 한두 개가 많거나 적다고 해도
당신의 간절함을 모르겠습니까

어긋난 인연은 언제나
네 잎의 모습으로 남아있습니다

사랑을 떠올린 자리마다 손수 뜯어낸 잎사귀가
타인의 눈물처럼 발길을 붙잡습니다

술래잡기

바다에 숨어있던 파도가 고독을 알아차렸네
사랑인 척 웅크렸던 설렘이 발자국만 남기고 떠나버렸네
파라솔 그늘 아래 술래를 잊은 낮잠이 모래를 터네
꿈속에서 만난 인연도 슬픔인 척 기다리다 바람에 흩날리네
멀리멀리 바닷가 건너 소녀의 눈 속으로 티끌처럼 들어갔네
감긴 눈꺼풀 안에서 불러도 대답하지 않았네
실눈을 뜰 때마다 거센 풍랑이 몰아쳤네
아프고 시린 일상 속으로 더듬더듬 손을 뻗었네
술래만 남은 가슴께 물이 차오르고 있었네 아무도 모르게
난파선 같은 한 사람 밀려와 그 손 잡아주었네

장마와 원고

폭우가 쏟아지는데
고작 모자의 둘레 따위를 생각한다
모자가 담게 될 예감과 상상력
뜻밖의 머리통들과 우주까지도
폭우가 쏟아질수록
모자의 둘레가 점점 더 은유로 늘어나고
은유로만 말할 수 있는
햇살과 그늘, 뜨거운 살갗의 온도가
나는 슬프다
우산 대신 모자를 쓰고
위태로운 둑방의 수위를 바라보다가
모자의 둘레가 허공에 떠있다는
사실을 알았다
인부들은 모자의 색깔로 나를 부르곤
색깔보다 진한 경고와 욕설만을 남긴 채
통과해버렸다
아직도 폭우가 쏟아지는데
은유가 은유를 낳는 것은 비극이라고
소리치고 있는데 모자는

스스로의 둘레를 지니고 움직이기 시작한다
고작 폭우 때문에 자신을 불러들인
시인을 비웃으면서 영원히
비가 내리지 않는 화창의 저주 속으로
내가 가진 모든 백지를 감춰버린다

관상어

바다를 사랑하는 그를 따라 이곳에 왔다

플라스틱 수초 속에서
배설물과 분비물을 함께 들이마시는 일을
관상觀賞이라 불렀다

지느러미가 조금 썩었고
죽은 물고기를 꺼낼 때마다
예상 밖의 오해가 우리를 슬프게 한다

물고기를 땅에 묻어주며
그는 바다로 가라고 기도해주었다
이장移葬도 적응의 한 방식이 될 수 있었다

수족관 밖에선 그의 사랑이 관상을 준비 중이다

신선한 파도가 필요했다
거대한 산소 공급기도
무엇보다

커다란 뜰채가 있으면 좋겠다고 생각했다

하지夏至

노을은 우주에 채워진 기저귀 한 장

밤을 기다리며
엉덩이마다 멈춰선
별똥의 예언들

세계 지도라도 그리는 줄 알았다

이불보다 작은 크기의 별
그곳을 감싼 슬픔을 펼치면

3부

친애하는 동업자들

고골리

세상에 나온 피는 당황스럽지만
코를 통한 탄생은 안정적이다
홀로 있을 때 그것은 유머러스하며
환경에 잘 적응한 원숭이처럼
마개를 선별할 줄도 안다
목격자에겐 선택의 여유를 주고
다섯 이상 모이면 희극이나 비극의
실마리를 제공하기도 한다 한 번도
역사의 주인공이 된 적은 없었지만
못생긴 소크라테스는 필시 악처보다
코피와 더 자주 입맞춤했을 것이다
너 자신을 아는 것은 몸속의 우연이므로
닦는 일은 숨기는 것보다 맹목적이었으므로
타인의 몫으로 돌려온 분노와
짧은 침묵으로 많은 걸 쏟아내는 은유
그리고 로키의 카운터펀치마저 우아하게 만드는
장인정신까지
자신의 입으로 되돌아간 피는 잠시 코를 잊는다
코피가 되기 전 돌아본 무수한 속내와

주먹다짐하던 1836년을,

사라진 코에서 태어난 그 모든 계급을

소설의 한 장면처럼 묘사한다

솟아난 팔다리를 지니고도 피 한 방울 나오지 않는

시대의 비참을 관통하면서

입속에 남은 말들 사이사이

타인의 상상만 비리게 물들이려 한다

층계참에 선 유다

반대편에 서야
떠오르는 말이 있다

계단을 내려온 물이
흙탕이 되어 흘러넘칠 때처럼

외롭지 않았더라면
불순물에 불과한 감정도
각자의 몫으로 불리길 바랐을 것이다

직각의 기억으로
가책을 이야기하던 예배당 첨탑은
지면 낮은 곳까지

청소를 끝낸 인부의 얼굴을 떠오르게 한다

신의 거처를 씻어낸
노동과 임금 사이에서
순수한 것들은 중력에 취약했으므로

나는 첨탑을 보는 자의 기도를
첨단의 협업이라 부른다

죽음도
부활도
수직의 배신을 염두에 두지 않았지만
새하얀 관이 들어오면

계단은 물을 더 계산적으로 흘려보낸다

잘 분배된 운구 행렬처럼
누구나
뒤돌아선 모습을 낭비 없이 움직인다

첫인상

멀리서 보면 분명한 경계를 이루는 산맥

한 치의 흐트러짐도 없이
누군가 뛰어내리면
매끈매끈한 감촉이 느껴질 만큼

우아하게 마무리된 질감 때문에
우리는 종종 산맥의 내부를 잊어버린다

석양으로 물든 대자연 앞에서
연신 셔터를 누르기 바쁜 사진사들

피사체라는 단어는 조금 무책임했다
구도와 노출이란 말들도

두 발로 걸어 나온 산맥이
바로 앞 탁자에 앉아
나른한 표정을 짓는 것처럼

저명한 사진 콘테스트에선
언제나 합성된 희귀동물이 문제였지만

존재의 가장자리마다 꼭 맞는 포즈를 취하는 건
노련한 모델조차 쉽지 않은 일

하나의 존재가 된다는 건 어떤 기분일까?
존재를 오르다 길을 잃으면
어떻게 구조대를 불러야 할까?

입체를 평면에 담는다는 커다란 자부심에도 불구하고
우리의 사진사들은
산기슭 어딘가를 헤매고 있다

겉으로 드러나지 않는 맹수와 올무
저녁 식사를 준비하는 산장지기와
버너의 가스 불을 상상하면서

불안의 손전등을 꺼내 들고

미궁 속 미노타우로스*가 내뱉는
존재의 숨소리와
1인 2역의 잠꼬대를 의식하면서

처음 만난 타인의 험준한 협곡 하나를
지도와 나침반 없이 넘어가려 한다

*반은 사람이고 반은 소인 그리스 신화 속 괴물. 장인匠人 다이달로스가
설계한 미궁 속에서 살았다.

브로커

국경을 넘어온 모래가
고향을 생각하며 흩어질 때
토박이들의 동공에 맺힌 신기루

어째서 이곳에 왔습니까?
의도가 불순하지 않습니까?

출입국사무소의 직원이
바람과 햇살의 출신을 의심한다

혁명과 테러의 본거지
이따금 꽃이 피고 벌 떼가 날아드는
국경 밖 어디쯤
오직 서류상에만 존재하는

그곳 사람들

파랑새 증후군

양 날개로 새가 난다는 건
치명적인 오류
그것이 관념의 깃털이라면 더욱 그렇다

이를테면 좌파와 우파, 내용과 형식, 삶과 죽음 따위

두 개의 세계를 붙든 몸통이 어떻게
21세기의 하늘을 날 수 있겠는가?
자유와 평화를 내세우는 상징이야말로
얼마나 무모한 선동인가?

텅 빈 하늘에서 의미의 궤적을 읽을 수 있다는
미친 사람들에게
새는 아무것도 건네주지 않는다
언제나 그렇듯이
가장 현실적인 배설물을 떨어뜨릴 뿐

이른 아침 망쳐버린 출근길의 욕설은
지난밤 혁명을 모의하던 눈빛보다

급진적이다

어쩔 수 없는 낙관과 비관 사이에서
새는 스스로를 본 적이 없다
사람의 두 눈이 닿으면
몸통은 은폐된 사건의 배후가 되었으므로
배후가 높아질수록
한 점으로 박혀 있었으므로

역사의 나뭇가지를 물고 멀어지는 것은
새가 아니다

살아 있는 벌레를 씹는 사유
사유의 연관만이 날개를 달 수 있다
청동 동상의 주변에 모이를 뿌리고
새총을 당기는 희망을 본다

창밖의 풍경이 약간의 차이로 퇴폐적이다

악어

반짝이는 눈물의 뒤편에서
자판을 두드리는 고스트 라이터

핏물이 흐르는 고기의 운명에 살을 붙인다

되살아난 짐승처럼 초원을 달리는
탁월한 상상력 덕분에
독자는 고기의 진심을 의심하지 않고

에르메스의 버킨백* 속에서
원고 뭉치를 보았다는 사람들

가방이 운다
악어의 전개가 아닌 것처럼
가방의 결말이
내포의 출구가 아닌 것처럼

세간의 관심이 각본 속 주인공을 향하면
고압 전류가 흐르는 철조망 사이사이

보호구역 팻말이 세워진다
언제나 사실무근인 감수성의 영역 어디쯤

손발에 비늘이 돋아난 희귀한 작가들을 사육하면서

그들의 양심에 던져줄 먹이의
명분을 고민하면서

*악어가죽으로 만드는 고가의 명품 가방.

보물찾기 게임

아직 적지 않은 메모가 있다

내용의 크기를 가늠할 수 없으므로
성급한 종이는 넓어졌다
줄어들기를 반복한다

잘못 찍힌 마침표 때문에 침묵의 순간마다
반듯한 모서리를 들이민 적도 있다

아이의 옹알이가 수평선과 지평선을 가로지를 때
종이의 내부로 침입하는 사유는
많은 것을 은폐한다

이를테면 파도의 뒤편에 불법체류 중인 달의 인력이라든지
대지부터 머리까지의 공간을 넘어서는 자유
무엇보다 필요 이상으로 고독한 척하는
의미의 강박관념 따위

'어떻게 이 세계보다 넓은 공간을 적을 수 있단 말인가?'

최초의 메모가 쓰인 다음부터
모든 사건은 명백해진다
조물주의 주머니 속
온갖 잡동사니들과 뒹굴던 순간에도

메모의 예감은 지구의 출생에 앞서 숨을 곳을 찾는다

자연의 섭리를 오해라고 부르는 자들과
우리 내부에서 신의 흔적을 찾으려는 자들
그리고 하루에도 몇 번씩
호기심을 윤활유 삼는 학자들에게

꼬깃꼬깃한 메모는 여전히 능수능란하다
잉크가 번진 세탁조에서조차
향정신성의약품처럼 미래를 수줍게 만든다

보상이 없어도 완벽한 게임
해독 불가능한 글씨라면 정말 그렇다

낮달

손톱에 뜬 반달이 시간을 밀어내는 중이다.

까맣게 때가 탄 손톱을 자르면 푸른 하늘
은하수가 쏟아져나올 것만 같다.

멀리 장롱 밑으로 숨어버린 손톱 조각을 찾아서 절을 올리
는 자세로 엎드린다.

우주의 시간에서
이주 노동자의 시간으로

누구의 것인지 모를 손톱을 쓸어모을 때마다
달빛에 묻혀놓은 눈물이 반짝거린다.

당신이 어떤 우주든
손톱을 함부로 맡겨서는 안 된다.

아침이면
열 개의 반달이 뜨던 손으로
세상의 모든 손잡이를 움켜쥘 것이다.

동물 없는 연극*

죽어가는 식물의 뿌리가 대지를 파고든다

짓밟힌 폐허를 꼬리의 기억으로 고쳐 쓰고서

가진 적 없는 머리를 찾아가는 것이다

비구름이 떠나고 폐허의 속내가 한없이 깊어질 무렵 갈증
은

머리가 처음 떠올리게 될 짐승을 닮아간다

거대한 성곽이 무너져 모래바람을 부르는 수천 년 동안

짐승은 소문으로 떠돌던 검은 가죽과 쓰디쓴 발톱

어둠만을 걷는다는 다리를 얻었다

어째서 읽지 않고서도 그리워할 수 있는 것일까 그리움 때
문에

타인의 기후가 바뀌는 것일까

가슴에 폐허를 들인 누군가 화원花園을 꿈꾸는 밤이면

긴 어금니로 물고 있던 빗방울의 내력을 내려놓는다

내 슬픔의 왕국에는 우기가 없다
기우제를 지내는 간절함이 있을 뿐이다

사막에서 자란 것들은 연민조차 짐승의 자세로 웅크리는가

버려진 꽃다발을 추스르며 네 발로 기어가는 사람을 본 적
이 있다

인연은 모래 위에 그려진 꽃의 낙화가 아니라

짐승의 입가에 피를 묻히는 현실

포효하는 짐승을 길들이기 위한 목줄과 채찍이 마지막 사

랑에 닿을 때

죽어가던 식물은 비로소 연극을 멈춘다

체온으로 만든 폐허의 한복판에서 자신의 배역이

말라가는 잉크였음을 기억한다

고백을 적고 또 적으면서 짐승이 번진 분장을 지워 보인다

*장 미셸 리브의 희곡 제목을 빌림.

우아한 여가를 위한 근린공원의 산책 시간

입속에서 맴돌던 말, 고백은 최초의 좌표를 뿌리치고 회전하는 원반
추락의 두려움 속에서 스스로를 구원하는 광기

타인의 뒤통수가 심장에 묶인 풍선처럼 보일 때 감정의 춤사위에 나의 심장도 부풀어오를 때

목줄 풀린 스탠더드 푸들 한 마리가 달려온다

원반에 이입해야 할 군침을 흘리면서
긴 혀를 내밀고 무언가 목적이 있다는 듯이

무심한 초록의 대화를 가로지르며 한 번 더 중력을 잊어보자는 짐승

도약의 높이만큼 사람들이 박수를 친다

하늘로 날아간 풍선은 잊어버리고 허공에 뜬 네 발의 여가를 감탄하면서

물의 정물靜物

끊임없이 배반하며 살아온 삶이다

흐르는 것은 자연스러웠지만
머물던 자리의 투명은
언제나 자국이라 부른다

죽음을 담는 그릇이 있다면 얼굴은
죽음의 자국
살아있는 물과 뒤섞여
가짜처럼 보일 때도 있었다

목마른 벌레의 기분으로
물병에 꽂힌 조화造花를 바라볼 때
매일 아침 탁자를 순례하는 고독이
둥그런 자국을 남긴다

그것은
붓으로 그린 것보다 정교한 진실의 흔적
명명의 순간부터 나에겐

원죄를 벗어날 수 없는 강박이 있다

천사는 늘 과장법이었고
종잡을 수 없는 감정의 궤적도
언어의 순도를 지키지 못했다

수면에 비친 오필리아Ophelia의 얼굴마저
덧칠한 불순물로 일렁거릴 무렵

나는 가면이 되어 울고 있었다
가면의 움직임을 따라
비련의 자국이 되어 있었다

펄펄 끓어도 사라지지 않는 도시의 무의식이
내 정신의 양수가 되고
타인을 본다는 믿음마저
하수구 속 시커먼 요람으로 배출되는 동안

순수함은 증발하는 위선에 시간을 더한 것

오래된 찬양을 위해서 자주 신의 이름을 불렀다

젖은 종이가 마르면 아직도 사막이 지글거린다
세속적 욕망을 채운 물자루들을 가장
인간적으로 경멸했던 낙타는
경전을 운반하며 일생을 보냈다고

낙타의 등에서 함께 밤이슬을 맞던 순례자가
물 얼룩 때문에 목숨을 끊을 때

한 폭의 수채화가 진실을 목마르게 할 수도 있다고 생각했
다

신이 담겼던 그릇에서
투명의 반대편은 잊기로 하자
촛불이 꺼질 때까지

물감이 풀린 성수聖水는 오직 자신을 용서하는 중이다

친애하는 동업자들

직유

가을이 되면 현絃이 팽팽해진다

1번과 2번 줄만 남은 클래식 기타처럼 풍경을 연주한다

너는 적도를 내면에 들인 사람

가장 투명한 방식으로 불사르려 한다

수많은 몽상가를 폐기 처분한 시선과 돋보기로

두 눈이 타는 동안

가시광선可視光線이 출렁거린다

메타포

아무도 건드리지 않은 돌탑이 쓰러질 때가 있다

누군가 조준 사격을 한 것처럼

사격의 배후에 정적政敵이나 연적戀敵의 음모가 도사리는

것처럼

한때는 혁명과 사랑을 꿈꾸던 동지들이

더 이상 내일을 얘기하지 않는 침묵 쪽으로

혼신을 다할 때처럼

기막힌 우연의 일치 때문에

돌멩이는 스스로의 무게로 쓰러졌다는 사실을 믿지 못한다

너무 많은 빈틈의 면적과 빈틈마다 고립된 풍화의 기억까지도

흩어진 돌멩이들은 집요하게 의혹을 제기한다

무수한 헛수고와 헛발질을 참아온 허공을 향해서

아무도 건드리지 않은 돌탑이

쓰러질 때 가장 붉어지는 이유를

붉은 것들의 뒷모습이 길고도 아름답게 변하는 비밀을

마음껏 후려치고 나면 발에 차이는 돌멩이조차 간절해지는 까닭을

어린아이의 보드라운 손금 위에서도

점박이 무늬 속 단단한 속내를 드러내지 않는다

급진적 문학

기습적으로 다가와 여행이라고 불렀다

목적지를 몰랐지만

몸속 어딘가 방향성이 생겼다

하루하루 기차를 타는 기분으로 떠나고 있었다

욕망이라는 이름의 전차도
사랑이나 죽음 따위의 종착역도 없었다
지루한 덜컹거림 속에서 같은 창밖을 보고
같은 멀미를 하곤 했다
굳게 닫힌 집들과 무덤, 반쯤 헐린 자연이 반복되었다
오랫동안 우리는 두덩이 화물로 앉아 있었다
표면에 붙은 라벨을 읽는 것으로도 대화는 충분했다
타인의 마음까지 마중 갈 수 있다면 나의 몸은
목적지가 아니길 바랐다
잠든 당신을 기습적으로 내던지고 싶었다
동시대가 아니었다

현행범
날개는 천사의 저작권
모든 망상은 빚을 지고 있다.
말은 빚쟁이들을 피해 우주로 나아간다.

원작자가 있나요?

별을 보며 끌어오는 문장 속에서
타인의 흥정은 뻔뻔하고 능청스럽다.

자세히 보아야 예쁘다 오래 보아야 사랑스럽다 너도 그렇
다*

출판업자가 대기권 어디쯤 밑줄을 긋는다.
불꽃이 오래된 장부를 펼쳤다, 덮는다.

공탁금이 없어도 어김없이 코스모스가 필 것이다.

*나태주의 시 「풀꽃 1」 전문을 제목으로 빌림.

동행

가정식 백반을 잘한다는 맛집에 앉아 더운 밥상에
허기를 바짝 붙이고 수저를 듭니다
홀로 앉아 있어도 온기가 있는 일은 아늑하구나,
저마다 같은 자세로 고개를 숙이는 것은
외로움을 감추려는 겸손이 아닐 겁니다
불이 없어도 보글거리는 뚝배기와
시린 손끝을 녹이는 공깃밥의 온기가
있는 힘을 다해 1인분의 세계를 붙들고 있습니다
초년생과 1인분은 어딘가 닮은 구석이 많군요,
위태롭게 질책받던 오전의 일상이
김칫국물보다 붉은 얼룩을 남몰래 남깁니다
2인분 같은 1인분의 후한 참견 덕분에
애꿎은 냅킨을 한 움큼씩 뽑아 들기도 했습니다
닦아낼 수 없는 일들은 또다시 1인분으로 남겠지요?
아무리 욕을 먹어도 허기는 시간에 민감합니다
점심시간이 끝나기 전까지 씹었던 선배도
음식도 흔적 없이 넘겨야만 합니다
울컥 목이 메입니다 그럴수록 더운 밥상은
얼굴을 감싸 안듯이 자신의 온기 쪽으로 몸을 끌어당깁니다

역시 맛집은 다르군요, 꽁꽁 얼어붙은 가슴께 어디쯤을
가정식으로 어루만져주는 것 같습니다
누군가 급하게 전화를 받으면
모두가 일행인 것처럼 정적이 흐릅니다
홀로 찾아오는 불행은 지나치리만큼 예의가 바릅니다
식당 밖으로 뛰어나간 청년의 자리에
뚜껑만 열어놓은 공깃밥이 모락모락 김을 내뿜습니다
식당 아주머니가 밥상을 물리기 전까지
각자의 밥그릇에도
가득 찬 무언가가 도무지 줄어들지 않았습니다

4부

눈사람 신파극

존 레넌을 죽인 범인이 태연하게 호밀밭 파수꾼을 읽었을 때

죽음 뒤에 오는 말은 겨울이다
봄날조차 몸을 떨며 비겁하다 소리쳤을 것이다

독서는 계절을 잊는 모험
삶과 죽음에 밑줄을 그으며
무중력 상태로 주어를 끌어올리는 일

서가에 잠든 유령들처럼 잃어버린 인칭들이
피를 보러 몰려나온다

의미는 천사의 날개에 적힌 조시弔詩이다

팬터마임

사람들 사이에
선을 그으며 살아왔다

안쪽에서 볼 때 그것은 세상의
성곽 같았고
바깥쪽에서 보면 마임 배우가 기대고 있는
가상의 유리벽 같았다

한번 그어진 선은
밟지 않는 것이 불문율이었지만 감정의 안쪽으로 움직이
는 동안
죽죽 그어진 생활이
더 많은 불안과 경계를 부추기고 있었다

때때로 새로운 선을 긋고
기존의 선들이 키워낸 모서리들을
슬프게 바라보았다

모서리만 남은 인격을 참을 수 없어 떠나버린 친구

품에 안고 바라보다 보이지 않는
상처를 입은 연인도 있었다
부모와 형제마저 숨죽여
그들의 안부를 궁리할 무렵

마임 배우가 기대고 있는 저 유리벽이
진짜일지도 모른다고 생각했다

모서리의 궤적만이 빛나는 고립을
별빛이라 부를 때
사람들은 행운과 인연의 초상화 대신

자신의 동공에 몇 개의 별빛을 붙여놓는다

무수한 선들이 퇴적된 밤하늘을 잊어버리고
부끄러운 이의 설렘과
떠나간 이의 순수를 제 것처럼 이야기하다 마침내
마지막 무게 중심을 모조리
타인을 향해 쏟아버리면

유리벽의 낭만은 조각난 흉기가 되어 날을 세운다

말 없는 웃음에도 슬픔이 있어 몸을 떠는가

사랑은 온몸의 근육 하나하나가
저마다의 방식으로 고독해지는 것
생활의 중력을 거슬러 불가능한 미래를
능청스럽게 내디딘다

피 한 방울 흘리지 않는 별빛의 눈을 뜨고
다시,
당신의 모서리에 모서리를 맞춘다

에코

눈이라는 발음 때문에 나는
길다
길기 때문에 밤은 사소한 풍문까지도 뜨겁게
입을 맞춘다

몸의 동쪽에서 서쪽까지 오래된 풍문은
몽상을 두르고 엎드려있다

입을 맞춘 것들이 천천히 식어갈 때, 말은 점점 더 찬 것이
되어 체온을 내리고
화가의 붓끝에선 체온을 그리기 위한 풍경이
불려 나온다
수면 위에서도 익사하지 않던 풍경은 한 번도
겨울을 비춰보지 못했다

눈이라는 발음 때문에 나는
짧은 눈조차 잊어버리고 초겨울 살얼음판 같은
창공을 움켜쥔다

푸르다는 색감은 움켜쥘 때야 비로소 육체를 드미는 것
타인의 침묵 곁에선
빙점이 지나도 얼지 않던 눈물이 흐른다

살아있다는 부재를 증명하기 위해 겨울 철새가 날아가고
사람이 가까울수록
눈은 눈을 붙들고 더럽혀진다

소복, 소복 세상의 고독을 본뜨는 것이다

눈사람 신파극

잘못 날아온 눈덩이 하나가
가슴께를 치고 들어온다

둥글었지만 미완이었고
얼어붙었지만
액체의 경험이 기억의 전부였다

수십 개의 눈덩이를 주고받던 아이들은
미안한 기색도 없이
서로의 외상外傷을 별명처럼 늘어놓는다

코피도 머리 혹도
우스꽝스러운 유희가 되어 두 뺨을 붉게 만들 때
속수무책 날아오는 차고 시린 슬픔을

한 번의 고함으로 멈출 수 있을까

사랑이 머물던 자리는 너무 뜨거운 것이 아니라
소심하다는 생각

조심조심 눈덩이를 피해 가다
마주 오는 행인과 부딪치면 참았던 울음을
또다시 속으로 욱여넣는다

지나간 사연들로 들끓는 뒷골목에서
포물선을 그리며 녹아내린 눈덩이들이
그만큼의 수위水位를 높이면

물에 물을 탄 어떤 고독이라도 마침내 바다가 될 것이다

파도의 가능성을 더 단단하게 뭉치는 아이들을 피해
빙판길로 들어설 무렵

동네에서 가장 오래된 전봇대를 붙들고
귀신에 홀린 듯 씨름하던 취객은

익사溺死를 걱정해야 한다

좀처럼 얼지 않는 동지의 어둠 속

움츠린 품안에서 배 한 척이 밀려나온다

눈덩이 하나 어쩌지 못하는 체온으로
서럽게 다른 체온을 부르는
눈사람

움직이는 눈사람을 신파라고 여긴다면 사람의 폐허엔
겨울만이 발 디딜지 모른다

배를 밀다 주저앉은 그날처럼
식어가는 모든 것들의 뒷모습이 닮아간다

침묵을 버티는 힘

할 말을 찾지 못한 감정이 추락했다고 한다

고개를 돌리고 눈을 껌뻑일 때마다 사람과 사람 사이 깊고 시린 절벽 아래로 하얗게 얼어붙은 눈꽃이 되어 흩날렸다

날이 저물면 벼랑에만 둥지를 튼다는 독수리와 허기진 들짐승이 찾아왔다

구전口傳의 틈새로 흘러내린 설인은 괴물도 친구도 아니었으며 열등감에 사로잡힌 털 뭉치 같았다

절벽 위에선 몇 번의 전쟁이 벌어졌고 그럴 때마다 폭설이 내렸다

기도가 감정적으로 되풀이되기도 했으며 해석에 둘러싸인 진리는 자신의 눈물과 함께 얼어붙었다

신화와 이념의 주인공들마저 제풀에 못 이겨 몸을 던져버렸다

폭설로 마을이 고립되면 동굴 깊은 곳에선 모닥불을 피우고 절벽 위를 상상하곤 했다

아무것도 가리키지 않는 눈꽃송이가 어떻게 목덜미를 깨우는 것일까

서로의 목덜미를 어루만지면 어째서 슬픈 눈동자로 바라보는 것일까

오해라는 의미가 다녀가기 전 작은 틈새에 불과했던 절벽을 아무렇지도 않게 뛰어넘던 시절도 있었다

　처음 발을 들인 사람들은 감정적으로 사랑을 하고 감정적으로 아이를 키웠다

　마지막 뒷모습을 보여준 한 사람이 떠나갈 때까지 눈이 내리면 아침에 내뱉은 목소리를

　가죽부대에 담아 남녀노소 한 모금씩 마시고 취했다고 한다

　호기심 많은 녀석들이 이따금 절벽 밖으로 눈을 뭉쳐 던진다

　할 말을 찾지 못한 감정에도 시퍼런 멍 자국이 남는다

　침묵은 구원이 아니지만 천사의 흔적 같았다

　깨문 입술에서 탄생한 소외의 몽골반점이었다

스웨터

무슨 잘못을 저질렀기에
반론의 여지도 없이

혐의를 인정하는가?

식기 위에서
하얀 턱시도의 옷깃에서
최고급 대리석으로 꾸며진
욕실에서
불결과 불순과 불온의 현행범으로 체포된
한 올의 털

가늠할 수 있는 무게도 부피도 없이
언제나 흩날릴 뿐인 피고에게
문명의 포승줄은 유죄를 선고한다

어째서 바람에 굴복했는가?
두 손가락의 힘과
중력에 반발하지 않았는가?

털들의 이데올로기를 가정한 판결문으로부터
집단 수용소가 꾸려지고
물과 공기와 비판과 햇살이
민주주의적 절차에 따라
비꼬아진다

일정한 길이와 굵기와 색깔을 지닌
털실은 이제 정치적 산물
뜨개질하는 마음마다
대의를 위한 의도가 따라다닌다

양이 맹수가 되면 좋겠다.
보글거리는 양털 속에 이빨을 감추고
어두워지는 모든 부끄러움을 씹어
삼키면 좋겠다.

간혹 당신의 스웨터가 말을 건다면
여백이 많다는 사실을 주의하라

가깝고 은밀한 신념에 털이 자란다는 사실도

어떤 털은 무덤의 주인보다 오래 더럽다

대설주의보
—낭광증狼狂症

버려진 인형 위로 눈이 내린다

버려진 강아지가 인형을 따라 눈을 맞는다

행인이 우산을 씌워주자 인형을 물고 와 뺨을 핥는다

밤사이 폭설이 내린다고 했다

버려진 것들이 자꾸만 사람을 닮아간다

저 여린 것들도

에둘러 안부를 묻고서 사소한 종말 따위를 알리려 애쓴다

내가 늑대였을 때도 그랬을 것이다

피로 물든 일상을 앞에 두고 자주 눈을 맞았다

뜯어진 감정의 곁에서 사람의 눈알을 뜨기도 했다

버려진다는 건 얼마나 투명하게 영혼을 바꾸는 일일까

예상을 함구하기로 한다

새벽녘 새로 만난 주인처럼 눈길을 걷는다

청소차가 종량제 봉투만을 싣고 떠났다

잿빛 안개
—낭광증狼狂症

사랑의 피비린내마다
안개가
영역을 꾸린다

침범하는 모든 익숙함을
경계하면서
밤사이 저질러진
흉터를 핥아준다

길들여지지 않는 감정은
후각이 예민하고
무리를 잃어버린 울음의

냄새를 구분할 줄도 안다

사람의 곁으로 가기 위해
이빨을 감춰야 했고
추억의 발톱마저 뽑아버렸으나

안개 속에선 누구나
맹수의 고독을 지닌다

사람을 잃으면서 걸치던
회백색 늑대 가죽 안에서
죽은 양치기를 닮은

고백을 기다리는 것이다

티라노 눈사람의 사랑

한 생애의 틈새를 비집고 녹던 눈이
춤을 춘다
조명도 관객도 없는 가슴께에서
첨벙첨벙
발자국 하나 남기지 못하고
근육을 떤다

너는 공룡인데
이토록 가벼울 수가 없는데
사소한 식욕 하나가
자연사를 바꿀 수도 있는데
첨벙첨벙
제 눈물을 지층처럼 딛고 서서
어딘가 쌓였을지 모를
화석 따위를 상상한다

태초의 빙하기를 견디던 흔적들
눈이 내리면 무수한 발걸음 소리가 들리고
어느 짝이 제 것인지

저마다 귀 기울이던 시절
마침내 육중한 뒷모습 하나가
첨벙첨벙
네게로 몸을 돌릴 때

눈가에서 녹아내리던 진눈깨비조차
저 차고 오래된 고독이
청춘의 한 방식이었음을 기억한다

눈도 사람도 공룡도 아닌
그저 진창이라는 자조를 맞잡던 조상으로부터
고백을 배웠다
그들도 젖은 눈을 뭉치며
그립다는 시늉을 주고받았을 것이다

나도 공룡인데
이토록 외로울 수가 없는데
잊어버린 이름 하나가
진창을 바꿀 수도 있는데

첨벙첨벙
녹아내린 공룡의 잔해 위로
6,500만 년 전의 봄날이 쌓인다

    생면부지의 얼굴을 붙들고 멸종된 인연을 수소문하던 지난날에도 가슴 속 담벼락엔 타인의 이름 대신 공룡을 그렸습니다 첨벙첨벙 춤추는 마음은 간절했으나 썩지 않는 낙서가 더 큰 사연으로 남습니다 이별에도 육식의 감정이 있고 공룡 눈사람이 서 있던 자리마다 허기가 집니다 그립다는 목덜미는 숨이 끊어질 때에야 아름다운 냉기를 지녔습니다

사랑은 엄살이라는데
저마다 폐허가 된 사람을 품고서
공룡의 침묵을 배운다는데
첨벙첨벙
죽음도 애도도 없이
가슴과 가슴을 후비던 발톱은
아지랑이가 박힌 풍경이었다

거울, 겨울, 나르키소스

시선이 마주치는 곳마다 펼쳐진 놀이터 거울을 모르던 시절이라면 함께 모래 장난치던 얼굴을 떠올리겠지 그네를 타고 하늘로 솟구칠 때 나는 타인을 발아래 놓은 신神처럼 모든 마주침의 시작과 끝을 이야기한다 일생은 자신의 얼굴에서 출발해 찾지 못한 표정을 지어보는 일 메아리처럼 되돌아온 닮은꼴조차 부정하고 마는 일 쓰는 자의 자기애처럼 슬픈 사건도 없을 테지만 생애의 복판에서야 수많은 분실물로 가득한 이곳을 이목구비라 부를 수 있었다 세상이 무섭다는 말보다 정면의 사랑이 공포스러운 것은 아무도 모르는 당신을 나조차 잊었기 때문일까 텅 빈 놀이터를 배회하면서 저녁의 기색을 배웠다 온기가 남아있는 그네와 시소 손자국 자욱한 정글짐으로 마침표를 찍어야 할 때 거울 앞에선 나르키소스의 얼굴 속에도 첫눈이 내린다 연못과 함께 말라버린 오래된 물그림자들이 소곤소곤 결빙의 모자이크를 만드는 시간 당신은 비로소 거친 문장들을 거울에 비춰본다 새하얀 연민의 놀이터를 어색한 증명사진처럼 꺼내 보인다

목화밭의 고독 속에서*

얼굴이 촉각의 뒷골목을 걷고 있다

헐렁한 후드티셔츠 속에서
이목구비는 불확실한 사건이지만 황혼의
부엉이를 꺼내기도 한다

보는 자와 보이는 자 모두
가장 눈에 띄는 자세로 우연을 숨겼지만
구면이라는 사실만큼
확실한 필연도 없었다

개라는 별명을 붙이면
누구나 까마득한 지층 위를 뛰어다니고
서로를 알아보기 위해 뺨을 부비는
짐승의 꼬리가 돋아난다

호시탐탐 탈옥을 시도하는 공감의 죄수들
그들의 얼굴엔 문자의 낙인이 찍혀 있다

불량배의 표면 위에 드리워진 법의 풋말과
고독의 임계점에서
그림자가 끌어올리는 은밀한
표정들

시집을 읽고 있는 *미친 독자처럼*
당신의 손목에도 곧 수갑이 채워질 것이다

타인의 슬픔에 다가갈 때
우리는 자신의 표정을 잠시 잊고

스스로를 시선의 감옥에 밀어넣는다

*베르나르 마리 콜테스의 희곡 제목을 빌림.

노련한 강물과 사계의 슬픔

현대 국어 '봄'은 15세기부터 형태의 변화 없이 현재까지
계속 쓰이고 있다

죽어서야 세계를 움켜쥐는 허물
그 어둠의 모서리에서
사람이 태어난다

여름은 모든 식물이 열매를 맺는 계절로 [열매;實]의 어원
이다

너는 매미가 낳은 동물
아마존의 여전사처럼
여름의 끝에서 승승장구한다

현대 국어 '가을'의 옛말인 'ᄀᆞ᠊ᅀᆞᆶ'은 15세기 문헌에서부터
나타났다

피 묻은 군복 속에서 무장해제 된 단풍이 몰려나온다
백기를 들었던 포로들도 서로를 물들이며 이동 중이다

육신과 불화하는 모든 정신

일인칭의 나는 없다

케이블카가 부지런히 삐라를 뿌리고 있다

18세기 이후로는 끝소리 'ㅎ'이 완전히 탈락한 '겨을, 겨올, 겨울' 등의 형태만이 문헌에 등장하였다

폭설이 천사의 날개를 지상으로 끌어내리는

슬픔의 중력을 껴입는다

신은 ㅎ소리의 결과물이다

그가 어떻게 변신을 하든

어떤 여름을 보냈던

가을밤 불 켜진 인가人家를 거쳐야 한다

현대 국어 '물'의 옛말인 '믈'은 15세기 문헌에서부터 나타난다 17세기 이후 'ㅁ' 아래에서 'ㅡ'가 'ㅜ'로 바뀌는 원순 모음화가 일어나 '물'로 바뀌면서 현재에 이르렀다

강은 최초의 사건이었다

사유의 두 팔이 슬며시
도로 없음, 표지를 내려놓지만
헬멧을 쓴 소년들은 점점 더
속력을 높였다

'슬픔'은 조사와 결합하여 문장 성분을 이루거나 문장을 끝
맺는다

무심한 말장난에 기어나와
개구리 뒷다리를 덥석 문
국어의 미각
당신도 나도 슬픔의 역사에 동의하지 않는다
모든 역사는 파충류를 닮았다
겨울잠도 없이
뱀딸기의 가장 먼 쪽을 향해 꿈틀거린다

심장이 놓인 형식

멈춰 선 뒤에야
우리는
직립의 호수 생각하지 않아도
흘러가는 무한함.

강철의 껍질이 둘러싼
역사적 출렁거림.

다가갈수록 멀어지는
마음의 한길.

우주로 향하는 유일한 징검다리.

맞지 않는 일기예보처럼
언어의 기후는 늘 다른 동네에서만 비를 내린다.

흠뻑 젖은 사람들이 서로 다른 현실로 울먹일 때
생애의 몇 퍼센트쯤 강물에 담근 적이 있다고 말했다.

골목에 찍힌 젖은 발자국이 말라가는 동안 나는
슬픔이란 모국어를 시늉하곤 한다.
그중 몇몇은 필요 이상의 성량을 보태거나 술주정이 되었다.
희미한 기억들 일부가 용케도 시편이 되었지만
어느 것이든 역사적 차이는 없었다.

표정과 몸짓이 미흡할수록 가책보다 안도를 느낀다.
가능성을 이야기하지 않아도
어제는 살아있어야 했으므로
누군가의 슬픔은 비공식적인 호흡이어야 했으므로
어제처럼 계절이 바뀌면
젖은 행렬이 가슴께로 들어온다.

오늘도, 내일도

뾰족한 것들은 오래된 취기가 맺힐 것이다.

찌르고 찔리면서 떨어진 핏물을 마시고

이 땅의 시간도 검푸른 바다로 흘러나간다.

물고기와 사람 사이에서

시의 체온에 가까운 종족을 찾기로 한다.

2022년 5월

일더위가 뿌듯해질 무렵

티라노 처음 독서

다음 창문에 가장 알맞은 말을 고르시오

1판 1쇄 펴낸날 2022년 6월 1일

지은이 기혁
펴낸이 김봉재
편집 김진
디자인 기혁
펴낸곳 도서출판 리메로

등록번호 제395-2018-000113
주소 경기도 고양시 덕양구 동송로 30, 101동 1002호
        (동산동, 삼송 더샵 미디어시티)
전화번호 070-8866-4915
전자우편 limerobooks@gmail.com
인스타그램 https://www.instagram.com/limerobooks

ⓒ기혁, 2022
ISBN 979-11-978781-1-4 04810
ISBN 979-11-978781-0-7 (세트)

● 본 도서는 2019년 서울문화재단의 창작집 지원사업의 지원을 받아 발간되었습니다.